# LILY, LA RUIDOSA

**A Gail – S. L.**

Originally Published in English as *Too Loud Lily*
Translated by Nuria Molinero

Text copyright © 2002 by Sofie Laguna
Illustrations copyright © 2002 by Kerry Argent
Translation copyright © 2004 by Scholastic Inc.

ISBN 0-439-66355-5

16 15                  150              20 21/0

Printed in the U.S.A

First Spanish printing, September 2004

The display type was set in Coop Back.
The text type was set in L VAG Rounded Light.
Book design by Yvette Awad

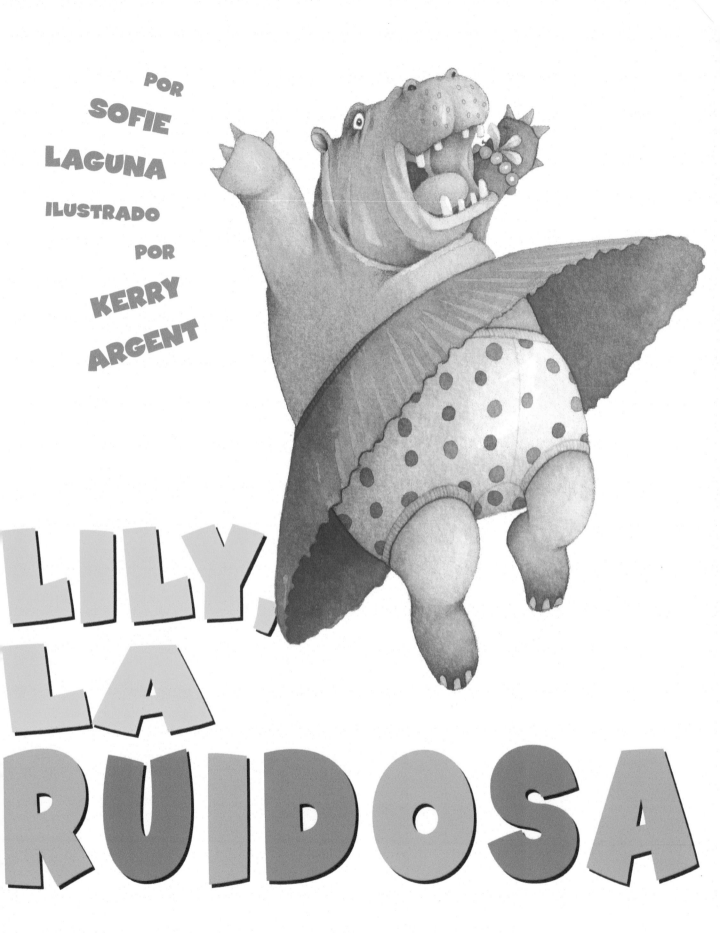

POR
SOFIE
LAGUNA
ILUSTRADO
POR
KERRY
ARGENT

# LILY, LA RUIDOSA

SCHOLASTIC INC.
New York   Toronto   Auckland   Sydney
Mexico City   New Delhi   Hong Kong   Buenos Aires

Todo el mundo le decía a la hipopótamo Lily que era muy ruidosa.

—Lily, no hagas tanto ruido. ¡No puedo ni oír lo que pienso! —dijo Papá.

—Lily, canta bajito. ¡Despertarás al bebé! —dijo
Mamá.

—Lily, ¡haces más ruido que una manada de
elefantes salvajes! —dijo su hermano mayor.

Lily intentó hacer algo en silencio...

—¡LILY, NO HAGAS
TANTO RUIDO!
—dijeron todos.

En la escuela, los mejores amigos de Lily eran Estrella y Luis.

A veces, incluso Estrella y Luis se enojaban con Lily.

Era demasiado ruidosa.

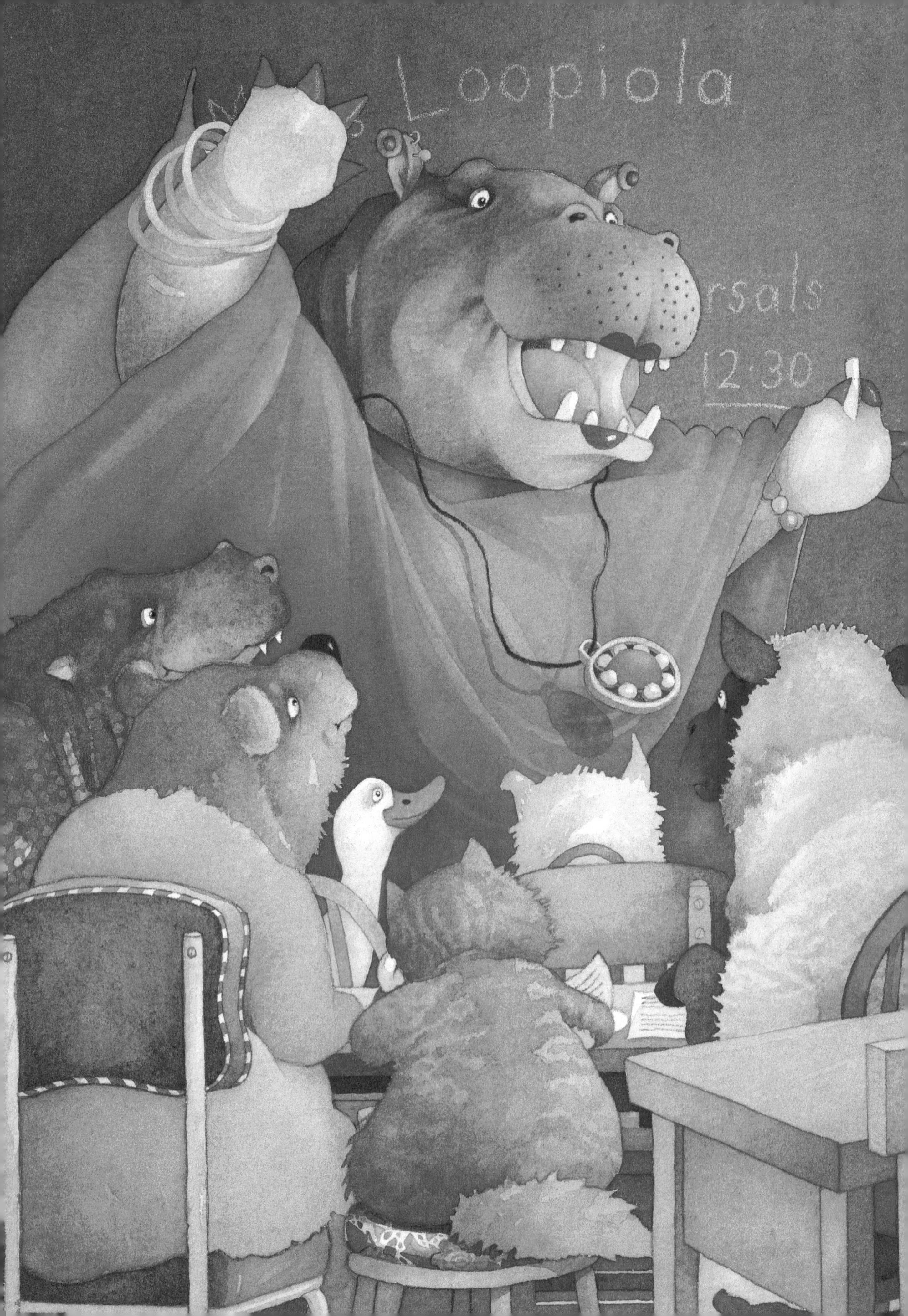
Loopiola
rsals
12:30

Entonces, una nueva maestra llegó a la escuela de Lily. Se llamaba señorita Loopiola y vestía un enorme poncho rojo. Era la maestra de música y teatro.

A Lily le gustó la señorita Loopiola. Así que decidió participar en la obra de teatro de la escuela.

El primer día de los ensayos, la señorita Loopiola
les enseñó a todos un baile en el que debían
hacer un zapateado.

Lily intentó bailar sin hacer mucho ruido.

—¡Bien hecho! —gritó la señorita Loopiola—.
Pero ahora, por favor, ¡intenta hacer más ruido
cuando golpees el suelo!

A Lily *realmente* le gustaba la señorita Loopiola.

Lily dio golpes mucho más ruidosos.

—¡Magnífico! —chilló la señorita Loopiola—.
Lily, ¿te gustaría iniciar el baile?

Lily *adoraba* a la señorita Loopiola.

Lily tenía que golpear los platillos y tocar el
tambor para simular el ruido de una tormenta...

gruñir y rugir para imitar el fiero sonido del león...

chillar y parlotear como la malvada bruja...

cantar una canción sobre el valiente príncipe...

y dar palmas al compás

de la música.

La noche del estreno, Lily estaba muy nerviosa.

¿Y si olvidaba lo que tenía que hacer?

¿Y si intentaba hablar y no le salían las palabras?

Peor aún... ¿y si hacía demasiado ruido?

Lily notaba que el corazón le retumbaba y
las rodillas le temblaban.

La sala estaba en completo silencio.

Todos esperaban a Lily.

—Vamos Lily —susurró la señorita Loopiola—.
¡Hazlo bien y RUIDOSO!

Lily tomó aire profundamente.

# —¡Que empiece el espectáculo!

—dijo con su voz teatral más sonora.

Lily bailó lo mejor
que pudo...

golpeó los platillos y tocó el tambor lo mejor
que pudo...

gruñó y rugió lo mejor que pudo...

chilló y parloteó lo mejor que pudo...

y cantó y dio palmas lo mejor que pudo.

Y a todo el mundo le encantó.

—¡Viva la hipopótamo Lily!
—chillaron.

Todos esos aplausos, golpes en el suelo y gritos de animación fueron muy especiales y muy, muy **ruidosos**.

Un poco como Lily.